L'HUMANITÉ

Nantes, imp. Vincent Forest et Émile Grimaud, place du Commerce, 4.

FRANCIS GOULLIN

L'HUMANITÉ

CHUTE

RÉDEMPTION — JUGEMENT

POÈME RELIGIEUX

NANTES

LIBRAIRIE CATHOLIQUE LIBAROS

CARREFOUR CASSERIE

1875

A SA GRANDEUR

MONSEIGNEUR FÉLIX FOURNIER

ÉVÊQUE DE NANTES, COMTE ROMAIN

———

MONSEIGNEUR,

Permettez-moi de vous offrir cet essai de poésie.

Plusieurs titres semblent m'encourager à le faire.

Rappelant ici le pieux souvenir de mon père, dont vous fûtes le condisciple, ne puis-je pas dire que Votre Grandeur se montra toujours pleine d'une bienveillance particulière pour ma famille.

C'est vous aussi, Monseigneur, lorsque vous étiez pasteur de la paroisse Saint-Nicolas, qui avez daigné bénir mon mariage.

La poésie est un art, et l'Église s'est toujours montrée la protectrice des arts, lorsqu'ils se sont tournés vers Dieu. A ce titre encore je puis, Monseigneur, m'adresser à Votre Grandeur.

Enfin, tout essai d'initiative catholique ne doit-il pas avant tout rechercher, dans ce diocèse, la sainte approbation de Votre Grandeur ?

Je terminerai, Monseigneur, en disant que si votre bonté, considérant plus l'intention que le mérite de l'œuvre, daignait en accepter la dédicace, ce serait une vive joie pour son auteur, qui se déclare,

MONSEIGNEUR,

de Votre Grandeur,

le fils humblement soumis,

FRANCIS GOULLIN

Nantes, 9 mai 1875,
en la fête de ses saints Patrons,
SS. Donatien et Rogatien.

Nantes, le 15 mai 1875.

J'accepte avec plaisir, mon cher Fils, la dédicace que vous voulez bien me faire de votre poème, et je vous félicite du bon emploi que vous faites de votre temps et de vos talents.

† FÉLIX, Év. DE NANTES.

L'HUMANITÉ

LA CHUTE

Lorsque la voix de Dieu, pour animer le monde,
Du néant eut tiré l'activité féconde,
Lorsque du sein de l'ombre eurent jailli les feux,
Que le torrent des eaux fut séparé des cieux,
Et que, favorisé par l'atmosphère humide,
Le jet de la verdure eut traversé l'aride ;
Lorsque le doigt divin eut décrit le contour
Où devait s'élancer le producteur du jour,
Et qu'il eut de la nuit éclairé le mystère,
En fixant sur sa voûte une douce lumière ;
Quand le souffle de l'air eut porté les oiseaux,

Quand les monstres marins eurent peuplé les eaux,
Quand le lion sur terre eut imprimé ses traces,
Les anges qui, du haut des célestes espaces,
Assistaient attentifs à la création,
Chantant de l'Éternel la sublime action,
Se turent, et soudain, dans l'étendue immense,
Autour de Dieu se fit un solennel silence.

Que pouvait contempler le bataillon béni,
Pour que son chant joyeux maintenant fût fini ?

Du ciel, il contemplait, en la grande nature,
Les nouveaux-nés du monde errer à l'aventure,
Ignorants de leur sort, ignorants de leur loi,
Comme pourrait errer tout un peuple sans roi ;
Aux yeux intelligents qui les pouvaient comprendre,
Ils n'étaient pas heureux et paraissaient attendre.
La distance était telle entre eux et leur Auteur,
Qu'il leur fallait à tous quelque médiateur,
Un monarque, un pontife, une âme intelligente,
Du Seigneur tout-puissant une image vivante,
Qui pût, du monde entier recueillant tous les vœux,
Par un acte d'amour, les élever aux cieux.

Quel allait être enfin ce divin interprète,
Qui devait du néant sortir, couronne en tête,
Et dont les nobles mains sauraient dresser l'autel
Où brûlerait l'encens offert à l'Éternel ?

Le silence est rompu... L'unique et sainte Essence
Dit alors : « Faisons l'homme à notre ressemblance ! »
Et, prenant du limon sans forme et sans beauté,
Elle en pétrit un corps rempli de majesté ;
Puis dans ce corps inerte elle souffle la vie...
Ainsi Dieu créa l'homme, et la troupe ravie
Des habitants des cieux, en voyant ce grand jour,
Recommença ses chants au bienheureux séjour.
La terre avait son roi : de gloire couronnée,
L'œuvre semblait à l'ange à jamais terminée.

Quand l'homme avait paru si tranquille et si beau,
Comme un chef assuré de ce monde nouveau,
Portant sur son grand front une divine marque,
Chaque être était venu saluer le monarque,
Et recevoir de lui, sujet obéissant,
Le nom que choisissait ce souverain puissant.
Ainsi, tandis qu'aux cieux les joyeuses phalanges
Proclamaient du Seigneur la gloire et les louanges,
L'homme aussi recevait un hommage ici-bas
Et voyait une cour se presser sous ses pas.

Mais quand aux yeux du ciel l'œuvre semble parfaite,
La bonté du Seigneur est-elle satisfaite ?

Parmi tant de sujets qui, maintenant heureux,
Par les prés, par les bois cheminent deux à deux,
L'homme seul marche triste et semble attendre une aide

Qui puisse partager tous les biens qu'il possède ;
Dieu le voit, et déjà songe, en son vaste cœur,
Comment il va de l'homme assurer le bonheur
Par un objet capable, en calmant sa tristesse,
De faire à sa grandeur connaître la tendresse.

Il voile à cet instant les ardeurs du soleil
Et fait tomber sur l'homme un bienfaisant sommeil ;
Puis, suivant ses desseins, avec sa main divine,
Du paisible dormeur il ouvre la poitrine,
En enlève une côte et façonne à son gré
Un chef-d'œuvre nouveau, de son souffle inspiré.
— La femme est là debout, quand l'homme se réveille,
Et, voyant près de lui la vivante merveille :
« Elle est chair de ma chair, dit-il avec amour,
Elle est os de mes os ; que béni soit ce jour ! »
— Ainsi Dieu fit d'un seul sortir la race entière ,
Ève du genre humain devant être la mère.

Six jours avaient passé... six jours pleins de splendeur ;
Le septième approchait ; mais le Dieu créateur
Qui, dans l'éternité, peut animer l'espace
De mondes infinis sans que son bras se lasse,
Voulut que ce grand jour terminât ses bienfaits,
Et qu'il fût au repos consacré pour jamais...

Chantez, Anges, chantez ! La grande œuvre est finie,
Pleine de majesté, de grâce et d'harmonie,

Ouvrage saisissant, spectacle merveilleux
Et digne d'exciter jusqu'aux transports des cieux !

O beautés de la nuit, ô fraîches matinées,
Tranquillité du soir, éclatantes journées !
Des forêts et des bois obscure profondeur,
Abondance des fruits et parfum de la fleur,
Limpidité des eaux et verdoyantes plages,
Automne sans frimas et printemps sans orages !
— L'aigle s'est élancé jusqu'au sommet des airs,
Les poissons ont plongé jusqu'au parvis des mers ;
L'élan, qui des grands monts vient d'atteindre la cime,
Bondissant, les parcourt sans redouter l'abîme...
— Qu'il était beau l'instant où le couple royal,
Se voyant entouré de son peuple vassal,
Interprète sacré de la nature entière,
Adressait au Seigneur une ardente prière !
Et le Seigneur alors, respirant le parfum
Qui montait de la terre, accordait à chacun
La vie et le bonheur. Epoque d'innocence,
Jours heureux que coulait le monde en son enfance !...

Mais afin qu'il restât envers le Tout-Puissant
Fidèle serviteur, sujet obéissant ;
Pour qu'un signe à ses yeux vînt rappeler sans cesse,
Au milieu des grandeurs, quelle était sa faiblesse,
Après l'avoir placé dans ce lieu de repos,
Devant l'homme attentif, Dieu prononça ces mots :

« Des arbres du jardin tu peux user en maître. »
Puis, désignant l'un d'eux, facile à reconnaître,
Le Seigneur ajouta : « Tu devras m'obéir,
Et ne jamais manger de ce fruit, ou mourir ! »

Ta Sagesse, ô grand Dieu, demande à ta Puissance
Que tout être créé te porte obéissance,
Et ta Puissance alors accorde à ton Amour
Que l'être obéissant soit heureux sans retour.
C'est l'éternelle loi, c'est l'ordre, c'est la vie
Et ce que proclamaient, sous la voûte infinie,
Les Anges, qui voyaient la grande Humanité
S'avancer du néant jusqu'à l'éternité.

———

À contempler la gloire et les œuvres du Père,
Vous n'êtes pas les seuls, ô fils de la lumière ;
Du fond du noir enfer, il est un œil jaloux
Qui jette sur le monde un regard de courroux ;
C'est celui de Satan, dont la révolte impie
Autrefois par son Dieu fut justement punie.
Quand cet ange, égaré par son orgueil fatal,
Osa du Tout-Puissant se déclarer l'égal...
Du sommet des hauts cieux, pour expier son crime,

Misérable et maudit, il roula dans l'abîme,
Entraînant tous les siens, coupable bataillon,
Qui, hurlant, disparut dans l'affreux tourbillon.

Le spectacle touchant de l'innocence humaine
Pour le damné devient un aliment de haine,
Et le couple, marchant sous les yeux du Seigneur,
Lui rappelle sa chute, insulte à son malheur.
Va-t-il lever la tête, exhaler sa colère,
Avec le Tout-Puissant recommencer la guerre ?
Non : c'est un vain projet qu'un semblable défi
Et pour l'en détourner une fois a suffi.
Mais s'il faut contre Dieu qu'il dévore sa rage,
Satan garde l'espoir de nuire à son ouvrage.
Il sait que Dieu permet qu'on puisse être tenté,
Lorsqu'on tient de sa main le don de liberté
Et que c'est un hommage exigé par sa gloire
Que sur l'esprit du mal les siens aient la victoire.
Il peut donc se livrer à son triste complot.

Dans le paisible Éden, il s'élance aussitôt,
Et, sous l'aspect trompeur du serpent, il épie
Le couple trop heureux qui cause son envie.
Il voit l'homme si grand qu'en l'abordant de front,
Il craint d'en recevoir un décisif affront,
Tandis qu'à son époux, l'épouse étant si chère,
Il peut, dans le malheur l'attirant la première,
Contre son propre époux employer son amour.
Il rampe, plein d'espoir en son méchant détour...

Ève est seule un instant : il se glisse auprès d'elle.
« Pourquoi Dieu vous a-t-il, femme, dit le rebelle,
, Défendu de manger de ce fruit excellent ? »
— « Il nous ferait mourir », répond Ève au serpent,
Qui poursuit : « Ce n'est point la raison véritable ;
Mais Dieu sait qu'à lui-même on deviendrait semblable
En le mangeant. Essaie, et pour tes yeux ouverts,
Tous les secrets de Dieu vont être découverts !... »
— Le fruit semble si beau qu'Ève trouve possible
Qu'il contienne en lui-même une force invisible,
Puis à le contempler ayant pris du plaisir,
Elle sent d'y goûter augmenter le désir.
Sur le divin précepte elle conçoit du doute,
Enfin, au fruit fatal, succombant, elle goûte !...

De l'œuvre de ton Dieu, perfide séducteur,
Tu n'as pas triomphé. Pour que tu sois vainqueur,
Il faut que l'homme aussi transgresse la défense ;
Vers Ève, calme et pur, le voilà qui s'avance...
... Mais, voyez, il se trouble... A-t-il bien entendu ?
Ève dit, présentant le gage défendu :
« Semblable à Dieu !... » Ces mots prononcés par la femme,
D'une bouche trop chère ont passé dans son âme...
Hélas ! il peut garder Ève devant ses yeux
Écoutant jusqu'au bout son discours orgueilleux,
Et lui, qui fut sacré prêtre de la nature,
Préfère au Créateur Ève sa créature.
Il écoute Satan, qui se dresse en son cœur
Et jusque dans son temple insulte le Seigneur.

Une autre voix s'écrie, et c'est la voix d'un ange :
« Arrête, malheureux, Satan sur toi se venge ;
Qui mieux que ce grand Dieu, qui la créa de rien,
Peut connaître ton âme et désirer son bien ?
Sache qu'il est terrible à celui qui l'offense,
Ce maître généreux... Respecte sa défense !... »

Adam pense à chasser Ève, qui tient le fruit,
Il a vu sous ses yeux tout un monde maudit...
Mais il hésite encore et Satan le précède :
« Loin de toi, lui dit-il, vas-tu chasser ton aide,
Tandis qu'égal à Dieu...? » L'homme étendit la main,
Prit le fruit, en mangea... moment fatal ! soudain,
L'horrible vérité se montra tout entière :
A peine eut-il mangé qu'il connut sa misère...

Les deux époux, honteux, au plus épais des bois
Vont cacher leurs remords ; mais bientôt une voix
Retentit, appelant le couple misérable :
C'est l'Éternel, qui veut pardonner au coupable,
Car ce Dieu de justice est un Dieu plein d'amour
Qui voudrait du pécheur provoquer le retour.
— Hélas ! devant Celui qui justement l'accuse,
L'homme aggrave sa faute en cherchant une excuse :
« Le coupable, Seigneur, répond-il, n'est pas moi,
Mais cette femme-ci, que je reçus de toi. »
Ève imite aussi l'homme et veut paraître habile,
Disant : « Si j'ai péché, la faute est au reptile ! »

2

Alors le juste Dieu, s'adressant au serpent :
« Sois maudit, lui dit-il, et retiens mon serment :
Tu mangeras la terre : un jour déjà s'apprête
Où la femme en son fils t'écrasera la tête,
Lorsque en vain tu voudras lui mordre le talon.

» Toi qui, malgré mon ordre, écoutas le démon,
Femme, j'ajouterai des maux à ta grossesse,
Et le jour qui devait être un jour d'allégresse,
S'avancera vers toi comme un jour de douleur;
De l'homme il te faudra partager le malheur,
Et souffrir que pour toi cet époux soit un maître. »

Dieu dit ensuite : « Adam, je t'avais donné l'être,
Je t'avais fait heureux et puissant comme un roi,
Mais je t'avais aussi fait connaître ma loi.
Puisque tu l'as trahie en écoutant la femme,
Il te faut, à la peine asservissant ton âme,
Arroser de sueurs le sol pour te nourrir,
Et puis, n'étant que poudre, en poudre revenir. »

Enfin, pour les punir, hors du jardin fertile
Dieu chassa les époux sur la plaine stérile,
Puis, de l'heureux Éden pour garder les chemins,
Armés d'un glaive ardent il mit des chérubins.

Vous qui jetez sur l'homme un regard charitable,
Bien que d'un si grand crime il ait été coupable,
Saints anges qui venez d'entendre son arrêt,
N'êtes-vous pas bercés par un espoir secret ?
Et ne trembles-tu pas au milieu de ta joie,
Satan, que Dieu ne pense à t'arracher ta proie ?
— Tu réponds, ô Satan : « Ce coupable est mon bien ;
Pour payer sa rançon le captif n'a plus rien :
Que pouvait-il offrir, sinon l'obéissance,
Au Maître dont il a méprisé la défense ?
Celui qui veut se vendre, est à jamais vendu... »

Arrête-toi, maudit ; n'as-tu pas entendu
La divine parole ? « Un jour déjà s'apprête
Où la femme en son fils t'écrasera la tête... »
Tu ne peux limiter la bonté du Seigneur ;
Dieu l'a dit : *Pour cet homme il doit naître un Sauveur !*

LA RÉDEMPTION

(IL EST VENU)

ES siècles ont marché... Sur le mont du Calvaire,
Comme unissant en lui le ciel avec la terre,
Au sommet d'une croix, le corps sanglant et nu,
Entre deux scélérats, un homme est suspendu.
Cet homme va mourir : par l'ombre dominée,
Sur un sein qui pâlit sa tête est inclinée ;
Mais, prodige ! soudain de ce lambeau meurtri
Sort en frappant les airs un formidable cri.
Tout tremble, tout s'émeut lorsque cet homme expire ;
Le grand voile du temple en deux parts se déchire,
La terre et les rochers s'ouvrent avec fracas ;
Des spectres à ce cri s'éveillant du trépas,
Sortent de leurs tombeaux et dans la ville sainte
Vont porter aux vivants la surprise et la crainte.
Et les bourreaux alors, voyant le sol ouvert,
Voyant le ciel entier de ténèbres couvert,

Les éléments s'unir pour pleurer la victime,
Et proclamer enfin l'énormité du crime,
Troublés par le remords, en un tardif aveu,
Disent : « Vraiment cet homme était le fils de Dieu ! »

Et des siècles passés les échos prophétiques
Répondent, se mêlant à des voix angéliques :
« Oui, c'est le fils de Dieu, c'est le Verbe éternel,
Dont la parole a fait et la terre et le ciel ;
C'est l'éclat merveilleux de la clarté du Père,
Rançon qui pouvait seule apaiser sa colère :
C'est lui qui fut promis dès le commencement,
Pour supporter de Dieu le juste châtiment.
Toujours avec son Père, il aime, il veut, il pense,
Et ne fait avec lui qu'une même substance :
L'homme voit aujourd'hui réaliser son vœu,
Car Dieu s'étant fait homme, il est semblable à Dieu.

» C'est celui que David a chanté dans ses psaumes,
Celui qu'il vit un jour maîtrisant les royaumes,
Et, pontife éternel près du Seigneur assis,
Regardant des hauts cieux tomber ses ennemis ;
C'est celui que l'archange en ses hymnes adore,
Et qu'engendra le Père avant que fût l'aurore.

» C'est l'espoir d'Abraham, d'Isaac, de Jacob,
Celui qui dans ses maux daigna paraître à Job,
C'est le fils de Jessé, c'est l'époux du Cantique,

Des Gentils et des Juifs le maître pacifique.
Moïse, qui le vit comme un terme à ses lois ,
Prescrivit aux Hébreux d'obéir à sa voix.
Une Vierge devait enfanter sa puissance ,
Et l'humble Bethléem attendre sa naissance.

» Mais c'est aussi celui que tout prophète a vu
Rejeté, souffleté, trahi, moqué, vendu.
Il fallait que le fiel abreuvât son courage ,
Que celui qu'il sauvait lui crachât au visage ,
Qu'on prît son vêtement pour le tirer au sort,
Enfin, que sa douleur ne finît qu'à la mort.

» Daniel avait prédit l'instant de sa venue ,
Et Marie, à genoux, du ciel fut prévenue
Que son sein porterait le Seigneur éternel
Promis dès le début aux enfants d'Israël.

» Un Abel, Isaac, immolé par son père ,
Un Joseph, que les siens livrent dans leur colère ,
Tous figuraient Jésus et son triste destin ;
C'était l'Agneau pascal ; du ciel c'était le pain ,
Et c'était le serpent élevé par Moïse ,
Guérissant ceux qui vont à la terre promise :
C'est lui qui s'annonçait plus grand que Salomon ,
Plus sage que Moïse et plus fort que Samson.

» Quand Moïse souffrait des révoltes impies
Et qu'il voyait ses lois par son peuple trahies ;

Quand Élie, Élisée, Amos, Ézéchiel,
Étaient persécutés par quelque Jézabel,
Ils soulevaient la croix que Jésus devait prendre
Et sur laquelle, un jour, il brûla de s'étendre.
C'est la Sagesse, enfin, le Verbe intérieur
Qui d'un rayon d'en haut vient éclairer le cœur ;
C'est la vérité même, éternelle lumière,
Celle qui créa l'homme à son heure première,
Et c'est lui qu'appelait un Platon, en ce vœu :
« Pour sauver l'univers, il nous faudrait un Dieu ! »
C'est lui qui pouvait seul de sa chute profonde
Tirer le genre humain et relever le monde ! »

Mais si cet homme est bien espoir des nations,
Attente des Hébreux, fin des prédictions,
Celui qui met un terme à la suite biblique
Et que toute l'histoire aux yeux du monde explique,
Pourquoi Rome et les Juifs, rejetant leur Sauveur,
Alors l'ont-ils traité comme un vil imposteur ?
— C'est qu'Israël voulait un chef incomparable,
Qui pût même aux Romains se montrer redoutable,
Qui traversât la terre en puissant conquérant...
Et Jésus ne versa que son sang en mourant.
C'est qu'on lui demandait de surprenants miracles ;
Que du temps de Moïse on revît les spectacles,
Que le feu descendît du ciel comme autrefois,
Que la mer s'entr'ouvrît tout à coup à sa voix.
De miracles pareils Jésus semblait avare,

Et quand son amitié ressuscitait Lazare,
Quand il soutenait Pierre avançant sur les flots,
Qu'il arrêtait l'orage en disant quelques mots,
C'était plus la bonté que la toute-puissance,
Annonçant aux regards la divine présence.
Ce qu'il voulait surtout, c'était changer les cœurs.
Aussi ce Dieu caché déplut-il aux docteurs.

Tous les pharisiens, aux vaniteux systèmes,
Dans l'univers entier ne connaissaient qu'eux-mêmes ;
Dans la grande promesse ils prenaient tout pour eux.
Et que leur importait les Gentils malheureux ?
N'étaient-ils pas les rois de l'époque future,
Seuls élus du Seigneur et saints de leur nature ?
— Et tous ces orgueilleux, Jésus les confondait ;
A leurs méchants propos sans crainte il répondait :
« Mon Père ne veut point s'enchaîner aux personnes,
Il aime ses enfants quand leurs œuvres sont bonnes ;
Moïse vous l'a dit : Laissez l'ancienne loi,
Descendants d'Israël, pour n'écouter que moi. »
Il leur disait encor devant toute une troupe :
« Au dehors seulement vous nettoyez la coupe ;
Trop indulgents pour vous, aux autres sans pitié ;
Imposant le fardeau, sans en prendre moitié,
Dans les yeux du prochain vous voyez la poussière,
Lorsqu'en votre œil à vous est une poutre entière ! »
Enfin, de tout menteur critiquant les façons,
Il osait en public lui donner des leçons.

Jésus disait à Rome : « Affranchis tes esclaves,
De la femme et du faible enlève les entraves ;
Des dieux olympiens renverse les autels,
Car tous ils sont trompeurs, orgueilleux ou charnels ;
Tu révères en eux tous tes honteux caprices,
Ta froide cruauté, tes crimes et tes vices ! »

Rome et Jérusalem, pleines d'iniquité,
S'unirent cette fois contre la Vérité.

Ce n'est pas seulement l'erreur pharisienne
Que veut frapper Jésus, ni la Rome païenne,
C'est sa proie en entier qu'il dispute au serpent,
C'est contre tout l'enfer tout le ciel avançant.
C'est le vainqueur du monde aujourd'hui qu'il défie,
En attaquant l'orgueil, la luxure et l'envie.
Car Jésus n'est qu'amour et que soumission,
Quand Satan n'est que haine et que rébellion.
Satan est tout colère et Jésus patience,
L'un veut la volupté, l'autre veut la souffrance.
Jésus est dénûment, Satan, cupidité,
L'égoïsme est Satan, Jésus, la charité ;
Le premier ténébreux, le second tout lumière,
Quand Jésus est esprit, Satan n'est que matière ;
Enfin, l'un veut servir, l'autre ne le veut pas.
Voilà bien les motifs de terribles combats.
— Jésus n'est ici-bas qu'hostie expiatoire ;
Pour lui c'est un gibet, pour Satan la victoire.

Toutes les passions, se dressant à la fois,
Se jettent sur le Dieu pour le clouer au bois !

. . . .

Mais tu n'as pas marché vainement au supplice,
Jésus : vois la moisson croissant du sacrifice ;
Immense est ta conquête et ton peuple est nombreux,
Peuple de délaissés, peuple de malheureux,
Et ta divine voix est déjà reconnue,
Par tous ceux qu'écrasait la terre corrompue,
Par tous les altérés de justice et d'amour,
Qui se désespéraient d'être venus au jour.
De l'étable à la croix, accueillant tes oracles,
Tous ils ont adoré, ravis par tes miracles.

Oh ! qui méconnaîtrait le ciel ici présent,
Quand Jésus dit : « Laissez approcher cet enfant ! »
N'a-t-on pas vu son cœur déborder de tendresse,
Quand sa main releva la femme pécheresse ?
A Madeleine en pleurs n'a-t-il pas pardonné,
Parce que, repentante, elle a beaucoup aimé ?
La grâce demandée, aussitôt il l'accorde.
Sa loi jusqu'à la mort est la miséricorde,
Et lorsqu'il pend en croix entre deux malfaiteurs,
Tandis que l'un se damne en raillant ses douleurs,
L'autre lui dit : « Seigneur, oh ! garde en ta mémoire
Mon triste souvenir, au moment de ta gloire ! »
Et Jésus aussitôt : « Homme, je te le dis,
Nous serons ce jour même ensemble en paradis ! »

Ceux qui suivent Jésus sont des paralytiques,
Des aveugles, des sourds et des épileptiques,
Que tous il a guéris : voilà son grand troupeau.
Il dit : « Pour ma couronne, un pauvre est un joyau ! »
Qui cherchait avant lui de semblables richesses ?

Jésus semblait encor plus fou dans ses promesses ;
Il n'avait point choisi de grands ni de docteurs,
Ses disciples étaient douze ignorants pêcheurs,
Et Jésus prétendait que, malgré leur misère,
On les verrait bientôt convertissant la terre.
Il affirmait aussi, par un serment formel,
Qu'il fondait sur l'un d'eux un portique éternel,
Que les fils de l'enfer, venus pour le combattre,
Malgré tous leurs efforts, ne sauraient point abattre ;
Et, jouant jusqu'au bout son rôle audacieux,
Il annonçait enfin qu'*on le verrait des cieux,*
En un jour de victoire, inconnu même aux anges,
Revenir, précédé par des signes étranges,
Non plus faible et petit, mais triomphant et fort,
Pour juger à ses pieds et la vie et la mort.

LE JUGEMENT

Qui peut vous effrayer, riches, puissants et rois ?
    Pourquoi sous les rochers vous sauver aux abois,
    Disant : « Tombez sur nous, cachez notre misère,
Rochers ; dérobez-nous à la grande colère ! »
Quand tout à l'heure encor chacun de vous mangeait,
Buvait, se mariait, achetait, échangeait ?

Mais voilà ! le sol tremble et les cités s'affaissent,
Les îles, les forêts et les monts disparaissent ;
Les plus hardis marins n'osent quitter le port,
Entendant sur les flots passer des bruits de mort.
    — Le soleil fait dans l'ombre une tache sanglante,
Et le ciel, qui se roule en signe d'épouvante,
Laisse tomber les feux qu'on y voyait fixés.

Partout les animaux courent en insensés ;
La mer et les tombeaux vomissent tout ensemble
Les morts que de tous points la trompette rassemble ;
Puis on entend des voix qui traversent le ciel,
Criant : « Fils de l'enfer, redoutez l'Éternel ;
L'heure du jugement est aujourd'hui venue !
Babylone, qui fus dès longtemps prévenue,
En ce jour bois le vin de colère et de feu,
Que pour venger son nom va te verser un Dieu !
Mais que le peuple élu se confie en sa marque,
Que tout aigle s'envole au devant du monarque,
Que le petit troupeau lui seul ne tremble pas,
Et que, levant les yeux qu'il baissait ici-bas,
Il regarde venir la grande récompense,
Que le Seigneur promit à toute patience,
Gardant jusqu'à la fin son saint commandement. »

D'Orient l'éclair brille, et passe en Occident,
Le ciel s'ouvre, et Jésus, en cette heure fameuse,
Apparaît précédé d'une croix lumineuse.
Pour le Dieu couronné d'un diadème d'or,
Ce n'est plus un Calvaire, ici c'est un Thabor.
Comme un soleil ardent, resplendit le visage
De ce fils arrivant recueillir l'héritage
Qui lui fut assuré sur terre et dans le ciel,
Et qui fut patient, se sachant éternel.
De la droite du Père, il vient sur la nuée,

Et par de longs accents sa marche est saluée.
Triomphant il s'avance avec ses légions,
Pour juger à ses pieds toutes les nations.

O race corrompue ! ô peuple misérable !
Que diras-tu devant ce juge redoutable ?
A tes regards enfin il est manifesté ;
Pourras-tu subsister devant sa majesté ?
Diras-tu que ce jour est un jour de surprise,
Et ce qu'a dit Jésus, faut-il qu'on le redise ?
Jésus a dit : « Veillez ! Un jour, comme un voleur,
Je viendrai. » — Le voilà ! Jésus n'est pas menteur ;
Il avait annoncé qu'on verrait l'Évangile
Prêché dans l'univers : du continent à l'île,
Flot toujours grandissant, la nouvelle arriva,
Au point que Rome émue alors se demanda
Si c'était pour Jésus qu'elle avait fait la guerre,
Et pour lui qu'elle avait organisé la terre.
— Le temps a vu passer les peuples et les rois,
Les hommes se donner et violer des lois,
Mais sur l'œuvre du Christ il n'a point eu de prise,
Et quand tout s'écroulait, seule on a vu l'Église
Se dresser dans les airs, majestueux pilier,
Au milieu des débris de l'univers entier.
Pour croire au Fondateur voulait-on d'autres preuves,
Que son œuvre toujours surmontant les épreuves ?
Malheur donc en ce jour à l'incrédulité,

Malheur aux passions, à toute vanité,
Malheur à tous ceux-là qui, voyant la lumière,
Sans trembler ont voulu se tourner en arrière !
Des moissonneurs de Dieu qu'ils redoutent la faulx,
Qu'ils écoutent la voix semblable aux grandes eaux,
Criant du haut des cieux : « Je veux que l'on moissonne;
Légions, fauchez tout et n'épargnez personne ! »
Par les anges cet ordre est accompli soudain ;
Ensemble on voit tomber l'ivraie et le bon grain.
Puis le Seigneur : « Maudits, à jamais je vous livre
A Satan, que vous tous avez préféré suivre.
Sur terre vous m'avez refusé votre cœur,
Vous ne pouvez ici partager mon bonheur ! »
A ces mots, proférant un cri d'horrible joie,
Le maître des enfers se jette sur sa proie,
Et le peuple que vient de condamner un Dieu,
Disparaît pour toujours dans un étang de feu.

Mais voici pour les bons une heure solennelle ;
Brebis, avancez-vous, le Pasteur vous appelle.
« Sous mon sceptre, dit-il, enfants, soyez unis ;
Que vos jours de souffrance aujourd'hui soient finis ;
Partagez avec moi le bonheur et la gloire,
Car j'avais soif un jour, et vous m'avez fait boire ;
Un autre, j'avais faim, vous m'avez fait manger ;
Vous m'avez recueilli quand j'étais étranger ;
Une autre fois, de vous j'ai reçu la visite,

Quand j'étais enfermé dans la prison maudite ;
Lorsque vous l'avez fait au plus petit des miens,
C'était moi, votre Dieu, qui recevais ces biens.
De votre charité, de votre patience,
Recevez aujourd'hui la juste récompense ! »

Noyé dans les splendeurs de l'espace infini,
Confirmant les arrêts du fils qu'il a béni,
Au sommet des sommets, sur un trône est le Père,
Avec le Saint-Esprit rayonnant de lumière.
Voici le grand vainqueur de Satan, saint Michel,
Et, messager de Dieu, l'éclatant Gabriel ;
Voilà de l'éternelle et sainte monarchie
La glorieuse cour et longue hiérarchie,
Trônes, principautés, archanges, séraphins,
Puissances et vertus, anges et chérubins.
Près d'eux et revêtus de robes éclatantes,
Sont tous ceux qui, marchant dans les traces sanglantes
Du Dieu crucifié, par une sainte ardeur,
Un jour ont mérité d'approcher le Seigneur :
Les vierges, les martyrs, les doux et les pudiques,
Les justes, les zélés, les forts, les véridiques ;
Dociles instruments des célestes desseins,
Les prophètes, les rois, les patriarches saints,
Et les douze pêcheurs, apôtres de justice,
Appelés au triomphe, ayant bu le calice.
De l'immense assemblée, un hymne solennel

S'élève, en remplissant les profondeurs du ciel,
« Gloire au plus haut des cieux, éternelle louange :
Paix, bénédiction, joie, honneur sans mélange,
A l'Agneau que l'enfer en sa rage immola,
Et qu'à sa droite enfin l'Éternel appela ! »

Et toi, Vierge sans tache, apparais, ô Marie !
La source de tes pleurs un jour sembla tarie,
Lorsque tu gémissais sous la sanglante croix,
Où pendait ton seigneur et ton fils à la fois.
Nouvelle Ève, en ce jour assiste à la victoire
Du Sauveur que ton sein enfanta pour la gloire.
Voilà qu'il t'appartient, le peuple bienheureux
Que ton sublime office attira dans les cieux :
Des saintes légions sois aujourd'hui la reine
Et sur tous les élus domine en souveraine,
Car, ô Vierge bénie, ici Jésus est roi,
Et partage à jamais sa couronne avec toi !

Anges, qui dans la grâce un jour l'avez vu naître,
Dans la gloire aujourd'hui voyez l'homme renaître ;
En son premier état, il avait pu mourir,
Mais, sauvé par la croix, il ne doit plus périr ;
Pour toujours contemplant le Seigneur face à face,
Dans le ciel il possède une éternelle place,
Et, partageant sa paix au bienheureux séjour,
Il nourrit son esprit de science et d'amour.

Une extase finit que d'autres lui succèdent ;
Enivrés de bonheur, c'est leur Dieu qu'ils possèdent,
Dieu qui, dans sa bonté, les gardant sous ses yeux,
Veut que tous ses élus eux-mêmes soient des dieux !

Belle Jérusalem, Église, Cité sainte,
Pour une éternité plus de mort, plus de crainte ;
Abreuve-toi sans cesse aux eaux de vérité
Dont toi seule es la source, auguste Trinité !